GEORGES DUPLESSIS

LE

CABINET DU ROI

COLLECTION D'ESTAMPES

COMMANDÉES PAR LOUIS XIV

(Extrait du *Bibliophile français.*)

PARIS

LIBRAIRIE BACHELIN-DEFLORENNE

3, QUAI MALAQUAIS, 3.

1869

Paris. — Jules Bonaventure, *imprimeur,*
quai des Grands-Augustins 55.

LE CABINET DU ROI

COLLECTION D'ESTAMPES COMMANDÉES PAR LOUIS XIV.

'ACQUISITION faite, en 1667, par le roi de la nombreuse collection réunie par l'abbé de Marolles, jointe à quelques donations et à quelques achats partiels, forma un noyau assez important pour que Louis XIV songeât à augmenter le dépôt qu'il avait créé. Aussitôt qu'un certain nombre de planches furent gravées par les artistes que le souverain avait attachés à sa personne et auxquels il avait confié le soin de retracer, à l'aide du burin ou de la pointe, les événements importants de son règne et des règnes précédents, ou les peintures et les sculptures qui ornaient les maisons royales, le roi ordonna le dépôt de ces planches dans sa bibliothèque. Un fonctionnaire, nommé à cet effet, fut chargé de conserver ces planches, de surveiller l'impression, de classer les épreuves avec méthode, et le choix du ministre tomba sur un homme très-compétent en pareille matière et très-assidu au travail, sur Nicolas Clément, né à Toul, en 1647. Les fonctions de ce bibliothécaire sont clairement définies dans le passage suivant : « Du « 3 janvier 1671. Au sieur Clément travaillant à ranger les livres dans la « bibliothèque du roy, à solliciter les graveurs d'estampes pour le roy et à « retirer et conserver les dites planches, pour ses gages de l'année dernière..., « 1200 livres (1). » Ce ne fut que beaucoup plus tard que furent réunies en recueil les estampes dont le souverain avait commandé la gravure, et la collection connue sous le nom de *Cabinet du Roi* (2) ne fut réellement consti-

---

(1) Archives de l'Empire. Bâtimens du Roi. O. 10394, fol. 164 recto. Chaque année, dans les « Registres des Bâtimens du Roi », on retrouve non-seulement la mention des appointements de Nic. Clément, mais encore les différentes sommes qui lui étaient allouées pour le payement des frais auxquels s'élevait l'impression des planches gravées. Goyton était l'imprimeur du Roi, comme en font foi ces mentions que nous trouvons dans les registres des comptes des bâtiments : « 7 août 1674. A Goyton, imprimeur en taille-douce, pour les bons services qu'il a rendus pendant 1670, 1671, 1672 et 1673, 500 livres. » — « 24 janvier 1678. Au sieur Goyton, imprimeur en taille-douce, par gratification, en considération de l'application qu'il donne aux impressions, 400 livres. » — Richer était le graveur en lettres : « 8 janvier 1679. A Richer, pour l'écriture qu'il a gravée sur onze planches, 81 livres. »

(2) On entend par le *Cabinet du Roi* une série de planches réunies en 23 volumes in folio, tirées sur un papier uniforme, et formant un corps d'ouvrage que le roi de France donnait aux souverains étrangers ou aux hommes distingués qu'il voulait récompenser.

Ce volume contient dix-huit pages de texte descriptif par Félibien, et qua-
rante planches; le prix que coutèrent quelques-unes de ces planches nous
a été fourni par les Registres des Bâtiments du Roi, conservés aux Archives
de l'Empire :

TABLEAUX

1. La Vertu héroïque, victorieuse des vices.	Corrége.	Etienne Picart.	
2. Jésus-Christ porté au sépulcre.	Titien.	Gilles Rousselet.	
3. J.-C. à table avec deux de ses disciples.	Titien.	Antoine Masson.	20 juin 1672. 1,500 livres.
4. Le Martire de saint Etienne.	A. Carrache.	Guillaume Chateau.	26 févr. 1671. 1,500 livres.
5. L'Assomption de la Vierge.	A. Carrache.	Guillaume Chateau.	21 janv. 1673. 1,000 livres.
6. Hercule tuant l'Hydre.	Le Guide.	Gilles Rousselet.	
7. Combat d'Hercule et d'Achelous.	Le Guide.	Gilles Rousselet.	
8. Enlèvement de Déjanire.	Le Guide.	Gilles Rousselet.	
9. Hercule sur un bûcher allumé.	Le Guide.	Gilles Rousselet.	
10. Saint François en méditation.	Le Guide.	Gilles Rousselet.	10 févr. 1671. 600 livres.
11. Sainte Cécile.	Dominiquin.	Etienne Picart.	
12. David chantant les louanges de Dieu.	Dominiquin.	Gilles Rousselet.	
13. Enée sauvant son père de l'embrasement de Troye.	Dominiquin.	Gérard Audran.	
14. Concert de musique.	Dominiquin.	Etienne Picart.	
15. Saint Mathieu.	Valentin.	Gilles Rousselet.	17 août 1671. Accompte des planches que G. Rousselet grave des quatre évangélistes d'ap. Valentin. 500 l.
16. Saint Marc.	Valentin.	Gilles Rousselet.	
17. Saint Luc.	Valentin.	Gilles Rousselet.	9 mai 1672. Au sieur Rousselet, pour deux planches d'après le Valentin. 800 l.
18. Saint Jean.	Valentin.	Gilles Rousselet.	
19. Saint Antoine de Padoue adorant l'Enfant Jésus.	Van Dyck.	Gilles Rousselet.	
20. Saint Paul enlevé au troisième ciel.	Poussin.	Guillaume Chateau.	31 octobre 1671. 650 liv.
21. Moïse tiré des eaux par la fille de Pharaon.	Poussin.	Gilles Rousselet.	26 février 1676. 1,500 liv.
22. Jésus sortant de Jéricho, qui touche les yeux de deux aveugles.	Poussin.	Guillaume Chateau.	

STATUES ET BUSTES

1. Statue de Diane.	*C. Mellan*, 1669.	
2. — de Bacchus.	*C. Mellan*, 1669.	
3. — de Vénus.	*C. Mellan*, 1675.	
4. — d'une chasseresse.	*C. Mellan*, 1671.	
5. — d'un jeune homme.	*C. Mellan*, 1670.	
6. — d'un gladiateur.	*C. Mellan.*	
7. — de Mercure.	*C. Mellan*, 1669.	
8. — d'Agrippine.	*C. Mellan.*	
9. — de Cérès.	*C. Mellan*, 1675.	
10. — de la muse Thalie.	*C. Mellan*, 1669.	
11. — de Flore.	*C. Mellan*, 1670.	
12. — d'une femme.	*C. Mellan*, 1669.	
13. — de Porcie.	*C. Mellan*, 1670.	
14. — d'un faune.	*C. Mellan*, 1671.	
15. — d'un faune.	*C. Mellan*, 1671.	
16. Buste d'un sénateur romain.	*C. M.* (Claude Mellan), 1670.	
17. — d'une dame romaine.	*C. M.* (Claude Mellan), 1672.	
18. — d'une dame romaine.	*C. M.* (Claude Mellan).	

Deux ans plus tard (1679) parut une nouvelle édition de ce volume ; on ajouta deux planches d'après des tableaux, *la Vierge* dite *de François premier*, gravée par Gérard Edelinck, d'après Raphaël (1), et *Saint Michel terrassant le démon*, gravée par Gilles Rousselet d'après le même (2), et l'ordre dans lequel les estampes avaient été primitivement publiées fut changé. Enfin ce volume fut divisé en deux ; les statues et les bustes furent enlevés et réunis aux viie et viiie volumes du *Cabinet du Roi*, et le nombre des tableaux gravés s'éleva à trente-huit. C'est ainsi que parut en 1727 ce premier volume. Les planches ajoutées étaient celles-ci :

1. Le Déluge.	Alex. Veronèse.	G. Edelinck.
2. Rebecca.	N. Poussin.	G. Rousselet, 1677.
3. La Manne.	N. Poussin.	Guillaume Chateau (3).
4. La Peste.	N. Poussin.	Picart le Romain, 1677 (4).
5. La Sainte Famille.	Palme le Vieux.	Picart le Romain, 1682.
6. Jésus dormant.	A. Carrache.	Picart le Romain, 1681.
7. Le Denier de César.	Valentin.	Etienne Baudet.
8. La Transfiguration.	Raphael.	Simon Thomassin, 1680.
9. Martyre de saint Etienne.	A. Carrache.	Etienne Baudet, 1677 (5).
10. Séparation de saint Pierre et de saint Paul.	Lanfranc.	Picart le Romain, 1679.
11. Sainte Catherine.	Alex. Veronèse.	G. Scotin, 1679.
12. Sainte Catherine.	Corrége.	Picart le Romain.
13. Pyrrhus à la mamelle.	Poussin.	Guillaume Chateau, 1676 (6)
14. L'Homme sensuel.	Corrége.	Picart le Romain, 1676.

1. Cette planche fut payée 1,200 livres à Gérard Edelinck. (Bâtiments du Roi, *Archives de l'Empire*, 12 décembre 1677.)

2. Gilles Rousselet reçut pour cette planche, le 2 juin 1676, un à-compte de 800 livres.

3. Cette planche fut payée à G. Chateau, le 24 janvier 1681, 1,700 livres.

4. Le 16 mars 1677, Picart le Romain recevait, pour à-compte sur cette planche, 400 liv.

5. Cette planche fut payée à Etienne Baudet, le 12 mars 1679, 1,300 livres.

6. Le 2 juin 1676 et le 16 mars 1677, G. Chateau reçut des à-comptes pour cette planche : le premier fut de 300 livres, le second de 600 livres.

1*

Voici l'introduction que Félibien, historiographe du Roi, mit en tête
du premier volume des Tableaux du Cabinet du Roi (Édition de 1677) :

« La graveure qui se fait aujourd'huy sur le cuivre avec le burin et avec
l'eau-forte est une invention des derniers siècles. On doit d'autant plus l'es-
timer que les anciens n'en ayant aucune connoissance, nous avons cet avan-
tage de pouvoir rendre plus durable une infinité de choses qu'ils n'ont peu
nous laisser, pour avoir ignoré un art si beau et si utile. Car par le moyen
de plusieurs estampes qui se tirent d'une seule planche, l'on perpétue et l'on
multiplie presque à l'infini un tableau qui demeureroit unique et qui ne
pourroit subsister qu'un certain nombre d'années. De sorte qu'entre tant
d'excellents ouvrages que le Roy fait faire, il est très certain que les planches
que l'on grave doivent tenir un rang considérable. C'est par elles que la pos-
térité verra un jour, sous d'agréables figures, l'histoire des grandes actions de
cet Auguste Monarque, et que dès à présent les peuples les plus éloignez
jouissent aussi bien que nous des nouvelles découvertes que l'on fait dans les
Académies que sa Majesté a établies pour les Sciences et pour les Arts. C'est
encore par le moyen de ces estampes que toutes les nations admirent les
somptueux édifices que le Roy fait élever de tous costez, et les riches ornemens dont on les embellit. Et parce que les tableaux et les statues dont ce
grand prince a fait faire une curieuse recherche sont d'un prix inestimable
et d'une singulière beauté, Sa Majesté a bien voulu encore que celuy qui a
soin d'éxécuter ses ordres choisît les plus excellens graveurs de son Royaume
pour les graver et en faire un recueil, afin que par le moyen des estampes
que l'on tirera, ces mêmes ouvrages aillent eux-mêmes, s'il faut dire ainsi,
se faire voir aux nations les plus reculées, qui ne peuvent pas les considérer
icy en original. Comme il faut beaucoup de temps pour graver et pour
mettre en ordre les estampes d'un si grand nombre de statues et de peintures, qu'est celuy dont les maisons royales sont enrichies, on a jugé à propos
d'en faire plusieurs parties et différens volumes que l'on mettra au jour à
mesure qu'on y travaillera. On a commencé celuy-cy par vingt deux estampes faites sur les tableaux de différents peintres fameux, et par dix huit
autres estampes de statues et de bustes antiques très rares. Et pour donner
quelque intelligence de chaque estampe en particulier, on a creû devoir
mettre au commencement de ce recueil une explication sommaire, non-seulement du sujet representé, mais encore de ce qui peut regarder l'histoire de
l'ouvrage, et l'auteur qui l'a fait. »

TABLEAUX DU ROY, REPRÉSENTANT CINQ SUJETS DE L'HISTOIRE D'ALEXANDRE LE
GRAND, gravez d'après M. Le Brun, second volume, grand-aigle.

Ce volume, qui n'a jamais été accompagné d'un texte, est composé de quinze planches,
formant cinq estampes, gravées par Gérard Audran et Gérard Edelinck :

Passage du Granique (1672), 3 planches. G. Audran.

Bataille d'Arbelles	(1674), 4 planches.	G. Audran.
La famille Darius,	2	—	G. Edelinck.
Defaite de Porus	(1678), 4	—	G. Audran.
Triomphe d'Alexandre	(1675), 2	—	—

Gérard Audran toucha pour la gravure des planches *le Passage du Grani-que, la Bataille d'Arbelles* et *le Triomphe d'Alexandre,* 10,795 livres. Archives de l'Empire, *Bâtiments du Roi,* 1676 (O. 10,405), p. 110 verso. « 13 décembre 1676. Au Sʳ Audran, pour son parfait paiement de 10,795 livres, pour les trois planches de l'histoire d'Alexandre. » Le premier à-compte fut payé le 22 février 1671. En additionnant les différents à-comptes reçus par Gérard Audran pour la planche du *Porus blessé,* nous arrivons à la somme de 4,331 livres 5 sols. Le dernier à-compte est du 18 juillet 1678. Pour la planche de la *Tente de Darius,* Gérard Edelinck fut payé 5,500 liv. *Bâtiments du Roi* (O. 10,405). « 13 décembre 1676. Edelinck, pour son parfait paiement de 5,500 livres, pour la planche de la *Famille de Darius.* » Le premier à-compte date du 31 juillet 1671.

Nous trouvons dans le mémoire manuscrit de Joly, cité plus haut, que le Roi a acquis depuis un sixième sujet, *Porus qui combat sur son éléphant,* gravé en 3 planches par B. Picart, d'après Le Brun. Cette planche était jointe à la fin du xviiiᵉ siècle au volume qui nous occupe.

Pour les différents états de ces planches, on peut consulter Robert-Dumesnil, le *Peintre-Graveur Français,* t. VII, p. 200, et t. IX, p. 280-283.

Médaillons antiques du cabinet du Roy. Un volume in-folio sans titre ni texte descriptif.

Ces médaillons, dont la suite commence à Auguste et finit aux enfants de Constantin, sont gravés sur 41 planches par de la Boissière.

Chaque planche de ce Recueil était payée 80 livres au graveur. (*Archiv. de l'Empire.* Bâtiments du Roi, 3 mai 1671.)

On ajouta dans la suite à cet ouvrage, lorsqu'il dut former le 3ᵉ volume du *Cabinet du roi,* les médailles du Bas-Empire (du livre d'Anselme Banduri) gravées par P. Giffart en 61 planches, et les médailles et jetons gravés par Sébastien Leclerc pour une histoire de France qui n'a pas été publiée.

Vues du chasteau, jardins, fontaines, statues de Versailles.

Plan de la maison royalle de Versailles. *Isr. Siluestre,* 1674.
Plan général du Chasteau et du petit parc de Versailles. *Isr. Siluestre,* 1680.
Chasteau de Versailles, veu de la grande place. *Isr. Siluestre,* 1684.
Chasteau Royal de Versailles, veu du milieu de la grande avenue *Isr. Siluestre,* 1674.
Chasteau Royal de Versailles, veu de l'avant-cour. *Isr. Siluestre,* 1674.
Chasteau de Versailles, veu de l'avant-cour. *Isr. Siluestre,* 1682.
Veue du Chasteau de Versailles du costé du Jardin. *Isr. Siluestre,* 1674.
Veue du Chasteau de Versailles et des deux aisles du costé des Jardins. *Isr. Siluestre,* 1682.

Veue du Chasteau, des Jardins et de la ville de Versailles du costé de l'estang. *Isr. Siluestre*, 1674

Veue du Chasteau de Versailles du costé de l'allée d'eau et de la fontaine du Dragon. *Isr. Siluestre*, 1676.

Elévation de la face, de l'un des costés et de la Balustrade de l'orangerie de Versailles. *I. B. Nolin sculpsit*, 1688.

Elévation d'une des faces des costés des écuries du Roy sur les auenues à Versailles. *Gravé par P. Le Pautre, graveur ordinaire des Bastimens du Roy*, 1689.

Vues des Trois Fontaines dans le Jardin de Versailles. *Isr. Siluestre*, 1684.

Latone entre ses deux enfans Apollon et Diane, demandant vengeance à Jupiter de l'insolence des Païsans de Lycie, qui sont changez en grenouilles. *P. Le Pautre*, 1678.

Encelade de bronze doré, accablé sous des rochers et poussant en l'air un gros jet d'eau. *Le Potre*, 1677.

Fontaine de Flore, accompagnée d'un bassin doré semé de fleurs, dans les Jardins de Versailles. *Le Pautre*, 1680.

Marais artificiel, entouré de joncs d'airain et de jets d'eau, dans le Jardin de Versailles. *Isr. Siluestre*, 1680.

Fontaine de la Renommée dans le Jardin de Versailles. *Isr. Siluestre*, 1682.

Fontaines des bains d'Apollon dans le Jardin de Versailles. *L. Simonneau le jeune*, 1688.

Le Théâtre d'eau, dans les Jardins de Versailles. *Isr. Siluestre*, 1680.

Veue principale du Théâtre d'eau. *L. Simonneau*, 1689.

Fontaine d'Apollon à la teste du grand canal de Versailles. *L. de Chatillon*, 1683.

Enfant de bronze, représentant le génie de la puissance Royalle, assis sur un aigle qui pousse en l'air un gros jet d'eau. *Lepotre*, 1677.

Enfant de bronze, représentant le génie de la valeur. *Le Potre*, 1676.

Enfant de bronze, représentant le génie des Richesses. *Le Potre*, 1676.

Deux amours de bronze qui se jouent avec un gryphon qui fait un jet d'eau. *Le Potre*, 1676.

Deux amours de bronze qui se jouent avec une écrevisse de mer. *Le Potre*, 1677.

Deux amours de bronze qui se jouent avec un cygne. *Le Potre*, 1677.

Deux amours de bronze qui tiennent une lyre d'où sort un jet d'eau. *Le Potre*, 1677.

Un amour de bronze avec son carquois d'où sortent des flèches d'eau. *Le Potre*, 1676.

Un amour de bronze qui tire une flèche d'eau. *Le Potre*, 1677.

Statue de bronze d'une Vénus élevée sur un bassin de marbre blanc, faisant un des ornemens de la fontaine appellée la Gallerie d'eau, dans les Jardins de Versailles. *P. Le Pautre*, 1679.

Figures de bronze doré d'un triton et d'une sirène, tenant une conque, d'où il sort un grand jet d'eau dans la fontaine appellée la Sirène, dans les Jardins de Versailles. *P. Le Pautre*, 1679.

Bassin de 10 pieds de diamètre, d'une seule pierre, et au milieu trois petits joueurs d'instruments de métail doré qui soutiennent un bassin de bronze, dans les Jardins de Versailles. *Le Potre*, 1673.

Bassin de 10 pieds en quarré, d'une seule pierre, et au milieu trois petits enfans de métail doré qui soutiennent un bassin de bronze, à Versailles. *Le Potre*, 1673.

Bassin de 10 pieds de diamètre, d'une seule pierre, et au milieu deux jeunes filles avec un petit amour de métail doré qui soutiennent une corbeille de bronze à Versailles. *Le Potre*, 1673.

Bassin de 10 pieds en quarré, d'une seule pierre, et au milieu trois petits danseurs de métail doré qui soutiennent un bassin de bronze, à Versailles. *Le Potre*, 1672.

Bassin de 10 pieds de diamètre, d'une seule pierre, et au milieu trois petits tritons de métail doré qui soutiennent une coquille de bronze, à Versailles. *Le Potre*, 1673.

Bassin de 10 pieds en quarré, d'une seule pierre, et au milieu trois petits satyres de métail doré qui soutiennent une corbeille de bronze, à Versailles. *Le Potre*, 1673.

Bassin de 10 pieds de diamètre, d'une seule pierre, et au milieu trois petits Termes de métail doré qui soutiennent une corbeille de bronze, à Versailles. *Le Potre*, 1673.

Latone entre ses deux enfans Apollon et Diane, demandant vengeance à Jupiter de l'insolence des païsans de Lycie, qui sont changés en grenouilles. *J. Edelinck scul.* 1679 (1).
(Groupe principal de la fontaine mentionnée plus haut.)

Rauissement de Proserpine. *Gir. Audran sculps.* 1680.

L'Air. *Io. Edelinck sculps.* 1679.

La Terre. *G. Edelinck sculps.* 1681.

Le Printemps. *G. Edelinck sculps.* 1681.

L'Esté. *G. Edelinck sculps.* 1681.

L'Automne. *Io. Edelinck sculps.* 1679.

L'Hyver. *Io. Edelinck sculps.* 1680.

Le Point du Jour. *Gir. Audran sculps.* 1681.

Diane. *G. Edelinck sculps.* 1681.

Vénus. *Io. Edelinck sculps.* 1680.

Une fille en habit de Bergère. *G. Edelinck sculps.* 1681.

L'Afrique. *Gir. Audran sculps.* 1681.

Statue d'un Faune. *Le Potre sculps.* 1672.

Statue d'une Nymphe tenant une couronne. *Le Potre sculps.* 1672.

Statue d'un Satyre accompagné d'un petit satyre. *Le Potre sculps.* 1675.

Statue d'une Joueuse de tambour accompagnée d'un petit satyre. *F. Chauveau sculp.* 1675.

Statue d'un Satyre. *Le Potre sculps.* 1675.

Statue d'une Joueuse de tambour, avec un petit amour auprès d'elle. *Le Potre sculp.* 1672.

Statue d'un Satyre tenant une grappe de raisin. *Le Potre sculps.* 1672.

Statue d'une Danseuse. *F. Chauveau sculps.* 1675.

Figure d'une Sphinx de marbre blanc qui porte un amour de bronze doré. *Le Potre del. et sc.* 1676.

Autre figure semblable tournée dans l'autre sens. *Le Potre del. et sc.* 1676.

TERMES ET VASES.

Jupiter et Junon. *Le Potre sculps.* 1674.

Mercure-Minerve.	—	—
Apollon-Daphné.	—	—
Endimion-Diane.	—	—
Bacchus-Ariane.	—	—
Comus-Pan.	—	—
Hercule-Omphale.	—	—
Persée-Andromède.—	—	—
Adonis-Vénus.	—	—

Six planches de vases de bronze gravées par *Le Potre*, 1672 et 1673.

Tapisseries du Roi ou sont représentez les quatre élémens et les quatre saisons. *A Paris, de l'Imprimerie Royale*, M.DC.LXX, in-fol. de 43 et 47 pag. Le texte assez important est signé : *Félibien.*

Dans les exemplaires anciens on trouve à la fin de ce Recueil quatre planches sans texte indiquées dans le catalogue de 1727 et de 1743.

1. Renouvellement d'alliance entre la France et les Suisses fait dans l'église de Nostre-Dame de Paris, par le roi Louis XIV et les ambassadeurs des XIII cantons et de leurs alliez, le XVIII novembre M.DC.LXIII. *Io. Nolin sculpsit. Car. Le Brun jnuen. Pet. Seue pinxit. Sim. Le Clerc sculps.* 1680.

1. Jean Edelinck reçut pour cette gravure, le 22 octobre 1679, la somme de 800 livres.

2. Siége de Tournay en l'année M.DCLXVII, ov le Roy Louis XIIII estant dans la trenchee, se leve au dessus et s'expose au feu des ennemis pour reconnoistre l'estat de la place. *Car. Le Brun pinx. S. Le Clerc sculps.* 1681.

3. Siége de Douay en l'année 1667, ou le Roy Louis 14ᵉ estant dans la tranchée, un coup de canon tiré de la ville tue le cheval d'un garde du corps proche la personne de Sa Majesté. *Séb. Le Clerc sculps.*

4. Deffaite de l'armée espagnolle près le canal de Bruges sous la conduite de Marsin, par les trouppes du Roy Louis XIV en l'année 1667. *Car. Le Brun pinx. S. Le Clerc sculps.* 1680.

Autre édition : Tapisseries du Roy ou sont représentez les quatre éléments et les quatre saisons, avec les devises qui les accompagnent et leur explication. *A Paris, chez Sébastien Mabre-Cramoisy*, imprimeur du roy, rue Saint-Jacques, aux Cicognes. M.DC.LXXIX, avec privilége de sa majesté. Cette édition est conforme à l'édition de 1670.

Courses de testes et de bague, faittes par le roy et par les princes et seigneurs de sa cour en l'année 1662. *A Paris, de l'Imprimerie Royale*, 1670, in-fol. Dédicace de Perrault à monseigneur le Dauphin. Grand in-fol. de 104 pages, le texte occupe une assez large place dans le volume.

La même année parut de cet ouvrage une traduction latine sous ce titre : « Festiva ad capita annulumque Decursio a rege Ludovico XIV principibus summisque aulæ procerib. edita. Anno M.DCLXII. Parisiis. E. Typographia Regia, 1670. » Gr. in-fol. de 106 pages. Cette traduction est de Fléchier.

Le Cabinet des estampes possède de l'édition française de cet ouvrage un exemplaire colorié avec grand soin qui fut acquis, en 1833, pour la somme de 110 fr. Il provient de la vente de Mme de Vaudémont, héritière de la maison de Guise, et peut être regardé comme ayant appartenu au duc de Guise, l'un des chefs du quadrille.

Les Plaisirs de l'isle enchantée. Course de bague, collation ornée de machines; comédie meslée de danse et de musique; ballet du palais d'Alcine; feu d'artifice et austres festes galantes et magnifiques faites par le roy à Versailles le vii may M.DC.LXIV, et continuées plusieurs autres jours. *A Paris, de l'Imprimerie Royale.* M.DC.LXXIII, in-fol., 9 planches gravées par Israël Silvestre et 91 p. de texte.

Les Divertissemens de Versailles donnés par le Roy a toute sa cour au retour de la conqueste de la Franche-Comté en l'année 1674. *A Paris, de l'Imprimerie Royale*, M.DC.LXXVI, in-fol., 6 planches gravées par Lepautre en 1675 et 1676, et 34 pages de texte par Félibien.

Relation de la fête de Versailles du 18 juillet 1668. *A Paris, de l'Imprimerie Royale*, M.DC.LXXIX, in-fol., 5 planches gravées par Lepautre, en 1678 et 1679, et 43 pag. de texte. Le texte est de Félibien.

Description générale de l'Hostel royal des Invalides, établi par Louis le Grand dans la plaine de Grenelle, près Paris, avec les plans, profils et élévations de ses faces, coupes, appartemens. *A Paris*, chez l'auteur, dans l'hostel royal des Invalides, M.DC.LXXXIII, avec privilége du roy. (*A Paris, de l'imprimerie de Gabriel Martin*, rue Saint-Jacques, au *Soleil-d'Or*.) 51 pag. de texte et 19 planches gravées par J. Le Pautre, J. Marot, D. Marot et P. Le Pautre.

Cet ouvrage n'avait pas été commandé par le roi; il fut acquis d'un marchand d'estampes nommé Mortain, qui, dans une vente, s'était rendu acquéreur de toute l'édition et des dix-neuf planches de cuivre qui accompagnaient la description. Ce marchand avait fait graver deux nouvelles planches sur le dessin de Ferdinand de la Monce, le *plan géométral de la nouvelle église* et la *coupe de la même église*. Le roi, lorsqu'il eut pris possession de l'ouvrage, fit graver en deux planches, par J. Le Pautre, la *vue et perspective de l'élévation générale du monument*. Aussi rencontre-t-on des exemplaires distribués postérieurement à l'année 1683, qui contiennent 22 planches. L'auteur de cet ouvrage n'est pas, comme on le suppose généralement, le sieur Boulancourt, mais bien un sieur de la Porte, commissaire des Invalides.

On avait gravé encore quatorze grandes planches représentant les plans, coupes et profils de l'église des Invalides, pour servir à dresser les devis de ce bâtiment; mais ces planches ne devaient pas être livrées au public; elles étaient gravées d'après les dessins de Jules Hardouin Mansart, et ne furent pas distribuées aux personnes que l'on gratifiait d'un exemplaire de la *Description générale de l'Hôtel des Invalides*. Aussi furent-elles longtemps très-difficiles à rencontrer. Aujourd'hui ces planches se trouvent à la chalcographie du Louvre.

L'hôtel des Invalides fut l'objet de nombreuses publications sous le règne de Louis XIV. Nous allons les signaler, pour éviter toute confusion avec l'ouvrage ci-dessus mentionné, qui seul fit partie de ce qu'on appela plus tard le *Cabinet du Roi* :

1. *Description de la nouvelle église de l'Hostel royal des Invalides,* avec un plan général de l'ancienne et de la nouvelle église. A Paris, M.DCCII. In-12 de 168 pages (signé J.-F. Félibien).

2. *Description de la nouvelle église de l'Hostel royal des Invalides,* avec un plan général de l'ancienne et de la nouvelle église, par M. Félibien des Avaux, historiographe des Bastiments du Roy. A Paris, Jacques Quillau, M.DCC.VI. 2 vol. in-12, 168 et 6 p. non paginées et 318 pages.

3. *Description de l'Eglise royale des Invalides.* A Paris, M.DCCVI. In-fol. (par Félibien des Avaux). Le texte est entouré de bordures gravées, et accompagné de têtes de pages, culs-de-lampes et lettres ornées. Les exemplaires avec les bordures gravées sont rares; il en a été imprimé un très-petit nombre d'exemplaires. Il n'en est pas de même des exemplaires sans bordure.

Enfin, il parut plus tard un autre ouvrage considérable sur l'hôtel des Invalides, ouvrage qu'il ne faut pas confondre avec ceux que nous avons précédemment mentionnés :

Histoire de l'Hôtel royal des Invalides, où l'on verra les secours que nos Rois ont procurés dans tous les temps aux officiers et soldats hors d'état de servir, par Me Jean-Joseph Granet, avocat au Parlement, enrichie d'estampes représentant les plans, coupes et élévations géométrales de ce grand édifice, avec les excellentes peintures et sculptures de l'église, dessinées et gravées, avec tous les soins et l'exactitude possible, par le sieur Cochin, graveur du Roy et de l'Académie royale de peinture et sculpture. A Paris, chez Guillaume Desprez, M.DCCXXXVI. In-fol. 112 pages de texte et 103 planches.

Une autre édition du même ouvrage fut publiée sous ce titre ; on y a seulement ajouté quelques planches et augmenté le texte descriptif : *Description historique de l'Hôtel royal des Invalides,* par M. l'abbé Pérau, licencié en théologie de la maison et société de Sorbonne, avec les plans, coupes, élévations géométrales de cet édifice, et les peintures et sculptures de l'église, dessinées et gravées par le sieur Cochin, graveur du Roy et de l'Académie royale de peinture et de sculpture. A Paris, chez Guillaume Desprez, M.DCCLVI. In-fol., 104 p. de texte et 108 planches.

MAISONS ROYALES ET VILLES FRONTIÈRES DE FRANCE.

Représentation des machines qui ont servi à eslever les deux grandes pierres qui couvrent le fronton de la principale entrée du Louvre. *S. Le Clerc, fec.* 1677. Cette planche fut payée à Sébastien Leclerc 1,600 livres. (Comptes des Bâtiments du Roi, 12 décembre 1677.

Face principale du Louvre. *J. Marotte sculps.* 1676.

Plan du costé du Louvre qui regarde la riuière. *J. Marotte sculps.* 1678.

Elévation de la façade du Louvre, du costé qui regarde la rivière.   } *J. Marotte sculps.* 1678.
Plan du costé du Louvre qui regarde la rivière.

Plan général du Palais-Royal. *Gravé par La Boissière en* 1679.

Veue du Palais-Royal. *Dessigné et graué par La Boissière en* 1679.

Plan général du palais des Thuilleries. *Israel Siluestre sculps.* 1669.

Veue du palais des Tuilleries, du costé de l'entrée. *Israel Siluestre delin. et sculps.* 1669.

Veue du palais des Tuilleries, du costé du jardin. *Israel Siluestre del. et sculps.* 1668.

Veue du palais et du jardin des Thuilleries. *Israel Syluestre delineauit et f.* 1670.

Veue des jardins du pallais des Tuilleries, du costé du cours de la Reyne. *Israel Siluestre delin. et sculps.* 1673 (1).

Plan du jardin du palais des Thuilleries. *Isr. Siluestre del. et sculps.* 1671.

Veue du collège des Quatre-Nations. *Israel Siluestre delineauit et f.* 1670.

Arc-de-triomphe de Louis XIV à la porte Saint-Antoine. *S. Le Clerc sculps.* 1679.

Plan général du chasteau et petit parc de Vincennes. *Isr. Siluestre sculps.* 1668.

Veue et perspectiue du chateau de Vincennes, du costé de l'entrée du parc. *Dessigné et graué par P. Brissart.*

Plan du chasteau de Madrid, avec la court et le fossé qui l'enuironne. *J. Marotte sculps.* 1676.

Eleuation du chasteau de Madrid. *J. Marotte sculps.* 1677.

Plan général des chasteaux de Saint-Germain-en-Laye. Planche anonyme.

Plan du chasteau neuf de Saint-Germain-en-Laye. *Israel Siluestre delin. et sculpsit,* 1667.

Veue du chasteau neuf de Saint-Germain-en-Laye, du costé de la riuière. *Israel Siluestre delineauit et sculpsit,* 1666.

Veue du chasteau de Fontainebleau, du costé du jardin. *Israel Siluestre delin. et sculpsit.*

Veue du chasteau de Fontainebleau, du costé des jardins. *Israel Siluestre f.*

Veue de la cour du Cheval-Blanc de Fontainebleau. *Israel Siluestre delin. et sculpsit,* 1667.

Veue de l'estang de Fontainebleau. *Israel Siluestre delineauit et sculpsit* 1666.

Veue du chasteau de Fontainebleau, du costé de l'orangerie. *Isr. Syluestre del. et sculps.* 1679.

Veue du chasteau de Fontainebleau, du costé du grand canal. *Isr. Siluestre del. et sculps.* 1678.

Perspective du canal de Fontainebleau, auec la magnifique promenade au Roy... *Le Potre inven. et fecit.*

Plan releué du chasteau, jardin et parc de Monceaux. *Israel Siluestre sculp.* 1673.

---

1. Cette planche fut payée à Israël Silvestre, en même temps qu'une vue du collége des Quatre-Nations, 1,000 livres. (Archives de l'Empire. Bâtiments du Roi. 26 mars 1671.

Veue du chasteau de Monceaux. *Isr. Syluestre del. et sculps.* 1679.
Veue du chasteau de Monceaux, du costé du parc. *Isr. Siluestre del. et sculps.* 1680.
Veue du chasteau de Chambor, du costé de l'entrée. *Isr. Siluestre del. et sculps.* 1678.
Veue du chasteau de Chambor, du costé du parc. *Isr. Siluestre del. et sculps.* 1676.
Plan du chasteau de Blois. *Dorbay del. et sculps.* 1677.
Veue du chasteau de Blois. *Israel Siluestre sculpsit* 1672.
Plan du chasteau de Compiègne. *Dorbay del. et sculps.* 1677.
Veue du chasteau de Marimont, du costé du jardin. *I. Siluestre del. et sculps.* 1673.
Profil de la ville et citadelle de Stenay. *Israel Siluestre delin. et sculpsit cum priuil. Regis.*
Veue de la ville et chasteau de Sedan. *Dessigné et graué par Israel Siluestre.*
Veue et perspective de Mommédy. *Israel Siluestre delin. et sculpsit cum priuil. Regis.*
Veue du chateau de Jametz. *Israel Siluestre delin. et sculpsit.*
Veue et perspective de la ville et citadelle de Verdun. *Dessiné et gravé par I. Siluestre* 1669.
Profil de la ville de Metz, en Lorraine, veue du costé de la porte Mazel. *Israel Siluestre delin. et sculps.* 1667.
Profil de la ville et forteresse de Marsal. *Israel Siluestre delin. et sculpsit,* 1670.

ORNEMENTS DE PEINTURE ET DE SCULPTURE QUI SONT DANS LA GALERIE D'APOLLON au chasteau du Louvre, et dans le grand appartement du Roy, au palais des Tuilleries. Dessinez et gravez par les sieurs Berain, Chauveau et le Moine. Suite de 29 planches numérotées. Une seule pièce de la suite est datée. C'est la première : *G. I. B. Scotin sculps. 1710.*

DESCRIPTION DE LA GROTTE DE VERSAILLES. *A Paris, de l'Imprimerie Royale,* M.DC.LXXVI, in-fol. 11 pages de texte signé Félibien, et 20 planches gravées par Le Pautre, Chauveau, Jean Edelinck, Etienne Picart, Etienne Baudet; en 1672, 1673, 1675, 1676 et 1678.

—Nouvelle édition. *A Paris, de l'Imprimerie Royale,* M.DC.LXXIX, in-folio.

Au Sr Lepautre, pour son paiement de trois planches qu'il a gravées, représentant les ornements de la grotte de Versailles, 840 livres. (Archives de l'Empire. Bâtiments du Roi, 1 avril 1671.)

Jean Edelinck toucha, pour la figure de Galatée, qu'il a gravée dans cet ouvrage, 600 livres, le 5 septembre 1677.

LE LABYRINTE DE VERSAILLES. *A Paris, de l'Imprimerie Royale,* M.DC.LXXVII. In-8º, 40 planches gravées par Sébastien Leclerc.

2ᵉ édition. *A Paris, de l'Imprimerie Royale,* M.DC.LXXIX. In-8º, 41 planches.

Il existe une contrefaçon de cet ouvrage : *A Amsterdam, chez Pierre Mortier,* avec privilége. In-8 oblong.

On trouve souvent réunies en un volume les planches suivantes qui ne forment pas, à vrai dire, un ensemble homogène, mais qui, avant de prendre place dans la grande collection, accompagnaient la série de volumes que le Roi offrait en cadeau :

1. Le Plafond du grand escalier de Versailles, connu sous le nom de l'escalier des Ambassadeurs. 7 planches gravées par Étienne Baudet, d'après Lebrun.
2. Tableaux de la voute de la galerie du petit appartement du Roy à Versailles, peints par P. Mignard et gravés par Gérard Audran. 3 planches.
3. La Coupole de la chapelle de Sceaux, gravée, d'après Ch. Lebrun, par Gérard Audran. Estampe composée de 5 planches se réunissant.
4. La Franche-Comté conquise pour la seconde fois. 1674. *Un des tableaux de la voute de la grande gallerie de Versailles... peint par Monsieur le Brun, premier peintre du Roy, et gravé par Charles Simonneau, 1688.* Gr. in-fol.
5. Le Portement de Croix, d'après Pierre Mignard, par Gérard Audran. *P. Mignard trecensis inv. et pinx. G. Audran sculpsit et excudit cum priuil. Regis.*
6. La Statue équestre de Louis XIV à la place de Vendome, gravée par Ch. Simonneau, d'après Girardon.

VUES, MARCHES, ENTRÉES, PASSAGES ET AUTRES SUJETS SERVANT A L'HISTOIRE DE LOUIS XIV, gravés d'après les dessins de Vander Meulen.

Les planches gravées d'après les peintures de Vander Meulen occupent, dans le *Cabinet du Roi*, trois volumes (les tomes 16, 17 et 18). Le Roi avait commandé la gravure d'un certain nombre de planches seulement, dont nous donnons la liste ci-dessous, nous en rapportant, pour notre choix, à un volume relié du temps et ne contenant que des gravures portant cette mention : *Dessiné pour le Roi très-chrétien.* Ce volume, formé de 34 estampes, renferma longtemps tout ce que le Roi possédait de planches gravées d'après Vander Meulen (1).

Voici ce dont se composait ce seul volume :

Marche du Roy accompagné de ses gardes, passant sur le Pont-Neuf et allant au Palais. *I. V. Huchtenburg sculps.*

Le Roy, dans sa calleche, accompagné des dames dans le bois de Vincennes. *R. B. fig. sculps. F. Baudouins sculps.*

Veue du chasteau de Versailles, comme il estoit cy deuant. *F. Bauduins sculps.* 1685.

Veue du chasteau de Fontainebleau, du costé du jardin. *A. F. Bauduin sculpsit.*

La Reine allant à Fontainebleau accompagnée de ses gardes. *F. Baudouins sculps.*

Veue de la ville de Bethune en Artois. *A. F. Bauduin sculps.*

Veue de la ville et du port de Calais, du costé de la terre. *R. Bonnart fig. sculps. et F. Baudouins sculps.* 1685.

Entrée du Roy dans Dunquerque. *De Hooghe sculps.*

Veue de la ville d'Ardres, du costé de Calais. *Baudouins sculps.* 1685.

Entrée de la Reine dans Arras, en l'année 1667. *R. Bonnard sculpsit,* 1685.

Veue de Tournay, du costé du vieux chasteau. *N. Cochin sculps.* 1685.

Arriuée du Roy deuant Douay, qu'il fait inuestir par sa cavalerie en 1667. *R. Bonnart sculpsit,* 1685.

Veue de l'armée du Roy campée devant Douay, du costé de la porte Nostre-Dame, en l'année 1667. *R. Bonnart fig. sculps. et F. Baudouins sculps.* 1685.

Veue de la ville de l'Isle, du costé du prieuré de Fiues, et l'armée du Roy deuant la place, en l'année 1667. *Van Huctenburg et Baudouins sculps.* 1685.

Veue de Courtray, du costé du vieux chateau, avec la marche de l'armée en l'année 1667. *F. Baudouins et G. Scotin sculp.* 1685.

1. « Cet artiste, voyant que le Roi discontinuait d'ordonner la gravure de ses autres tableaux, entreprit d'en faire lui-même la dépense ; il en débita les estampes à son profit, et sa veuve continua jusqu'au moment qu'elle proposa de faire acheter les planches au Roi. Depuis cette acquisition, l'œuvre entier de Vander Meulen a fait corps avec le recueil du *Cabinet du Roi*, et ce qui d'abord ne faisait qu'un volume en fait à présent trois. » (*Note de Joly.*)

Veue de la ville et du siège d'Oudenarde, où le Roy commande en personne, en l'année 1667. Planche anonyme. 1685.

Arrivée du Roy au camp deuant Mastrick, en l'année 1673. *R. Bonnart sculpsit*. 1685.

Valenciennes prise d'assaut et sauvée du pillage par la clémence du Roy, le 16 mars 1677. *A. Bonnart sculps*.

Veue de la ville et de la citadelle de Cambray, assiégées et prises par le Roy au mois d'auril de l'année 1677. *Franc. Ertinger sculps*.

Le Roy, s'estant rendu maistre de la ville de Cambray, attaque ensuite et prend la citadelle, jusqu'alors estimée imprenable, en l'année 1677. *R. Bonnart sculps*. 1686.

L'armée du prince d'Orange deffaite deuant Mont-Cassel, par l'armée du Roy, commandée par Monsieur, duc d'Orléans, en 1677. *R. Bonnart sculps*.

Saint-Omer veu du costé du fort de Bournonuille, assiégé et pris par l'armée du Roy, sous le commandement de Monsieur duc d'Orléans, en avril 1677 *R. Bonnart sculpsit*.

Le Rhin passé à la nage par les François, à la veue de l'armée de Hollande, 11 juin 1672. *C. Simonneau sculps*.

Veue de Leuve, place très-forte dans le Brabant, située au milieu d'un marais, attaquée et forcée de nuit par les François, en l'année 1678. *François Ertinger sculps. A°* 1685.

Veue de la ville et du chasteau de Dinant sur la Meuse, assiégée par les François le 22 may et prise le 29 du même mois en l'année 1675, acreue et fortifiée depuis de plusieurs travaux. *R. Bonnart sculpsit*.

Veue de la ville de Besançon, du costé Dole, et scituation du lieu dans la Franche-Comté. *A. F. Bauduins sculps*.

Dole prise dans la première conqueste que le Roy a faite de la Franche-Comté, en 1668. *Van Huctenburg et Baudouins sculps*. 1685.

Veue de la ville et fauxbourg de Salins, chasteaux, montagnes et situation du lieu dans la Franche-Comté. *A. F. Bauduins sculps*.

Veue de la ville de Gray en Franche-Comté. *Baudouins sculps*. 1685.

Veue de Saint-Laurent-de-la-Roche, du costé du Bourg, dans la Franche-Comté. *A. F. Bauduin sculpsit*.

Veue de Saint-Laurent-de-la-Roche et du Bourg, dans la Franche-Comté. *A. F. Bauduin sculpsit*.

Veue du chasteau Sainte-Anne, en la Franche-Comté, comme il se voit en y entrant. *A. F. Bauduin sculpsit*.

Veue du chasteau Sainte-Anne, comme il se voit par derrière la montagne. *A. F. Bauduins sculpsit*.

Veue du chasteau de Joux, sur la frontière de la Franche-Comté. *A. F. Bauduins sculpsit*.

LES GLORIEUSES CONQUESTES DE LOUIS LE GRAND, roy de France et de Navarre, dediées au roy. Se vendent à Paris, chez l'autheur, rue Saint-André-des-Arts, ou estoit cy devant la porte de Bussy. 2 volumes gr. in-fol.

Dans l'édition originale du *Cabinet du Roi*, cet ouvrage forme cinq volumes. Il fut d'abord publié avec un texte explicatif; puis ce texte fut supprimé dans la suite. Nous empruntons à M. Joly l'histoire de cette publication, rapportée dans la note que nous avons déjà eu l'occasion de citer plusieurs fois. On lit seulement en tête de l'ouvrage lui-même la dédicace suivante, de laquelle nous extrayons tout ce qui n'est pas purement éloge et flatterie:

AU ROY

SIRE, il faut que j'exécute enfin la dernière volonté du chevalier de Beaulieu, mon oncle, et que j'ay l'honneur de présenter à Votre Majesté un auguste monument à la gloire de son trône dans ces ouvrages. Cet officier ayant perdu son bras droit d'un coup de canon, en conduisant la tranchée au siège de Philisbourg, en 1644, ne crut pas que la main qui lui restoit put être mieux employée qu'à laisser à tout l'univers de pompeuses et brillantes images des victoires du plus grand des Rois. La divine Providence l'ayant retiré de ce monde avant qu'elles fussent en état d'être présentées à Votre Majesté, il en chargea le sieur Desroches, mon époux, qu'une pareille destinée força encore de m'en remettre le soin. J'avoue, Sire, que j'ai trop différé de m'acquitter d'un si juste et si glorieux devoir; mais il est beaucoup plus aisé à Votre Majesté d'entasser conquêtes sur conquêtes qu'à moi de les suivre....... REINE DE BEAULIEU.

« On trouve des exemplaires, dit Joly, où ces suites sont reliées en trois volumes, même quelquefois en deux. Sébastien de Pontaut, sieur de Beaulieu, chevalier de l'ordre de Saint-Michel, premier ingénieur de Louis XIV et maréchal de camp, avait dessiné les siéges, les villes conquises, les combats, les batailles et autres expéditions militaires du règne de Louis le Grand. Pour les faire graver, il se servit du burin de N. Cochin, de Fr. Collignon, d'Et. de la Belle, des Perelle, de Fr. Ertinger, de Moyse Fouard, de Loisel et autres. Beaulieu ajouta quelquefois, pour une plus grande intelligence, à ces planches des discours qui entroient dans le détail de ces actions militaires; il les publia d'abord pièce par pièce, et depuis sa mort, arrivée en 1674, sa nièce, Renée de Beaulieu, depuis madame Desroches, continua ce projet et publia l'ouvrage entier de son oncle avec un supplément qu'elle présenta au Roi sous ce titre : *Les Glorieuses Conquétes de Louis le Grand, Roi de France et de Navarre, dédiées au Roi, se vendent à Paris chez l'auteur. MDCXCIV*. C'est un grand in-folio imprimé ordinairement en lettres italiques, tantôt divisé en deux volumes, tantôt en trois; au frontispice est le portrait de M. de Beaulieu, peint par Pesne et gravé par Lubin ; les planches qui représentent les profils des villes sont gravées en formes de frises et de moyenne grandeur ; elles paraissent aussi grandes que les plans, par le moyen d'une partie supérieure qui s'y adapte et qu'on nomme passe-partout, lequel renferme un cartouche ovale de forme in-12, vide et prêt à recevoir le portrait du général qui a donné la bataille ou fait le siége que représente le plan. Alors, un exemplaire formé de cette sorte est rare à trouver complet; la difficulté vient de ce que ces pièces de rapport ont été distribuées séparément à fur et à mesure qu'elles paroissaient. Lorsqu'on a cessé de graver les dessins de Beaulieu, il en existoit peu d'exemplaires avec les portraits des généraux ; ces premières et rares éditions, lorsqu'elles sont complètes, commencent par les plans et profils de *Pluvinel*, de *Chatelet*, de *Bappaume*, de *Collioure*, etc.

« Sitot après que le Roy eut fait acquisition de ces planches, elles se donnèrent sans discours et sans les portraits; apparemment que les planches n'appartenaient point à la dame Desroches, non plus que douze autres planches représentant des profils de villes dont la Bibliothèque a fait acquisition depuis peu (on sait que cette note est de 1770), et qui, par cette raison, ne sont point relatées dans le catalogue imprimé, seconde édition, 1743. »

Les différents ouvrages ou recueils que nous venons de mentionner étaient de formats très-différents (1), depuis le grand in-folio jusqu'au petit in-8 ; il fut décidé, en 1727, que toutes les planches qui formaient ces volumes seraient désormais tirées sur papier d'égale grandeur et formeraient ainsi un tout uniforme. Le texte qui accompagnait la plupart de ces volumes fut supprimé et la collection parut dans l'ordre suivant :

1ᵉʳ volume.	Tableaux du Roi.	384 pl.
2ᵉ —	Tableaux du Roi. L'Histoire d'Alexandre, d'après Lebrun.	15
3ᵉ —	Médaillons antiques du *Cabinet du Roi*.	41
4ᵉ —	Plans, élévations et vues des chateaux du Louvre et des Tuileries. Ornemens de peinture et de sculpture qui sont dans la galerie d'Apollon au chateau du Louvre, et dans le grand appartement du Roi au palais des Tuileries.	44

(1) Ils étaient en tuyaux d'orgue, dit Joly dans sa *Note manuscrite*.

5e volume	Plans, élévations et vues du chateau de Versailles. Tableaux de la voute de la galerie du petit appartement.		38 pl.
6e	—	Grotte, labyrinthe, fontaines et bassins de Versailles.	89
7e	—	Statues du Roy, antiques et modernes.	48
8e	—	Termes, bustes, sphinx et vases du Roy.	49
9e	—	Tapisseries du Roy.	48
10e	—	Carrousel, courses de têtes et de bagues.	97
11e	—	Fêtes de Versailles.	20
12e	—	Plans, élévations, vues, coupes et profils de l'hôtel royal des Invalides.	22
13e	—	Plans, profils, élévations et vues de différentes maisons royales.	29
14e	—	Profils et vues de quelques lieux de remarque, avec divers plans détachez de villes, citadelles et chateaux.	32
15e	—	Plans et profils appelez communément les Petites Conquêtes, servant à l'histoire de Louis XIV.	40
16e	—	Vues, marches, entrées, passages et autres sujets servant à l'histoire de Louis XIV, gravés d'après Vander Meulen.	28
17e	—	Vues, entrées et autres sujets servant à l'histoire de Louis XIV, gravés d'après Vander Meulen.	29
18e	—	Paysages, morceaux d'études, etc., gravés d'après Vander Meulen ou provenant de son fonds.	98
19e	—	Plans, profils et vues de camps, places, siéges et batailles, servant à l'histoire de Louis XIV, gravés d'après Beaulieu. 1643-1644.	28
20e	—	Plans, profils et vues de camps, places, siéges et batailles, servant à l'histoire de Louis XIV, gravés d'après Beaulieu. 1645.	30
21e	—	— — — 1646, 1647, 1648.	33
22e	—	— — — 1650, 1654, 1655, 1656, 1657, 1658, 1659.	29
23e	—	— — — 1662, 1668, 1673, 1674. 1676, 1677, 1684, 1685, 1688, 1691, 1692, 1693, 1694, 1697.	31

Total :   956 pl.

Nous venons de donner la liste complète des ouvrages qui, parus d'abord isolément et sans ordre, furent réunis en 1727, et, tirés sur papier uniforme, formèrent ce que l'on est convenu d'appeler le *Cabinet du Roi*. Nous devons mentionner maintenant un certain nombre de volumes que Joly, dans la note manuscrite que nous avons déjà eu occasion de citer plusieurs fois (1), nous apprend avoir été souvent réunis par les amateurs de son temps à la collection royale; nous nous contentons de donner les titres de ces ouvrages, trouvant superflu d'entrer dans des détails qui nous entraîneraient au delà du sujet que nous avons entendu traiter :

1. La Guerre des Suisses, traduite du 1er livre des Commentaires de Jules César, par Louis XIV, Dieudonné, roi de France et de Navarre. *Paris, Imprimerie Royale,* 1651. In-fol.
2. Mémoires pour servir à l'Histoire naturelle des Animaux. *Paris, Imprimerie Royale,* 1671. In-fol. La suite parut en 1676.
3. Mémoires pour servir à l'histoire des Plantes, dressés par M. Dodart. *Paris, Imprimerie Royale,* 1676. In-fol.

(1) Le baron de Heineken, dans *Idée d'une collection d'estampes,* a copié presque textuellement la note de M. Joly, sans citer à quelle source il avait puisé ses renseignements.

4. Recueil de plusieurs traités de mathématique, par l'Académie royale des Sciences. *Paris, Imprimerie Royale*, 1676. In-fol.

5. Médailles sur les principaux événements du règne de Louis-le-Grand, avec des explications historiques, par l'Académie des Inscriptions et Belles-Lettres. *Paris, Imprimerie Royale*, 1702. In-fol. Seconde édition en 1723.

6. Le Sacre du Roy Louis XV dans l'église de Reims, le dimanche 25 octobre 1722. In-fol.

7. La grande Galerie de Versailles et les deux salons qui l'accompagnent, peinte par Charles Lebrun, premier peintre de Louis XIV, dessinée par Jean-Baptiste Massé, peintre et conseiller de l'Académie royale de Peinture et de Sculpture, et gravée sous ses yeux par les meilleurs maîtres du temps. *Paris, Imprimerie Royale*, 1752. In-fol.

8. La Cérémonie du Sacre de Louis XIV, faite à Reims le 7 juin 1654, représentée au naturel, dessinée par ordre de Sa Majesté par le chevalier Avice, et gravée par Jean Lepautre, avec la description des planches. *Paris, Imprimerie Royale, chez Edme Martin*, 1655. In-fol.

Si l'on ajoute à ces ouvrages quelques planches isolées, qui ne furent pas non plus commandées par le roi, mais qui furent, comme les livres ci-dessus mentionnés, payées en grande partie par le trésor royal, à titre d'encouragements donnés aux lettres et aux arts, on aura, à peu de chose près, la liste des grands ouvrages relatifs aux événements de la monarchie française pendant le règne de Louis XIV, ou destinés du moins à perpétuer le souvenir de ce règne. Ce n'est pas à dire pour cela que quiconque voudra étudier l'histoire du grand roi aura épuisé la matière lorsqu'il aura consulté ces ouvrages ; il ne connaîtrait qu'un côté de la question, le côté officiel, et il devra encore examiner avec soin les innombrables planches que l'industrie privée publia, planches que ne recommande pas toujours un réel mérite d'art, mais auquel s'attache un intérêt d'actualité, de critique ou de flatterie, bon à connaître et utile à étudier pour arriver à la vérité historique.

Cette collection, augmentée incessamment de planches nouvelles, acquises ou commandées par les souverains qui se succédèrent en France, demeura à la bibliothèque jusqu'à l'année 1812. A cette époque toutes les planches gravées, tant celles qui composaient le *Cabinet du Roi* que celles qui étaient isolées et ne se rattachaient en aucune façon à ce recueil, furent transportées au musée du Louvre où elles se trouvent encore aujourd'hui. Elles formèrent le premier fonds de cet établissement vraiment national, qui rend tous les jours de si grands services aux artistes, en permettant aux uns de se procurer à bas prix les chefs-d'œuvres de la gravure, en facilitant aux autres le moyen de produire des estampes dont l'industrie privée serait impuissante à faire les frais. Ce fut les 6, 7, 8, 9 et 10 juillet 1812, que M. Joly fils, alors conservateur du département des Estampes, fit remettre à M. Denon, directeur général des Musées impériaux, les deux mille cinq cent cinq planches gravées que possédait la Bibliothèque ; on voit que la collection s'était singulièrement accrue : car le *Cabinet du Roi*, proprement dit, ne contenait que neuf cent cinquante-six planches. Si l'on accepte cette assertion comme exacte, et il faut la tenir pour telle puisqu'elle émane des papiers officiels et authentiques, on s'explique difficilement la phrase suivante imprimée l'an IX (1801) en tête du *Catalogue des planches gravées possédées par le Muséum central des Arts :* « La collection des estampes, connue sous le nom de *Cabinet du Roi,* vient d'être réunie à celle dont l'administration du Musée central des Arts possédait déjà les planches. » On ne peut saisir le sens véritable de cette phrase, si l'on n'admet qu'un arrêté, pris par le ministre à cette époque, ne reçut pas une exécution immédiate. M. Morel d'Arleux, conservateur de la chalcographie, put se croire autorisé, du moment que l'arrêté lui avait été signifié, à annoncer cet accroissement de son dépôt, ne doutant pas que l'ordre étant donné, on ne pourrait tarder à s'y soumettre. Il était dans l'erreur ; les cuivres restèrent dans les casiers qu'ils occupaient depuis longtemps à la Bibliothèque, jusqu'en 1812, époque à laquelle, M. Denon les réclamant d'une façon formelle , le ministre de l'intérieur donna l'ordre, le 1er février 1812, d'opérer leur transport.

GEORGES DUPLESSIS.